H. COMIGNAN

DRAMES
DE LA MER

FAC ET SPERA

PARIS

ALPHONSE LEMERRE, ÉDITEUR

27-31, PASSAGE CHOISEUL, 27-31

M DCCC LXXIX

DRAMES

DE LA MER

Ye

H. COMIGNAN

DRAMES
DE LA MER

FAC ET SPERA

PARIS

ALPHONSE LEMERRE, ÉDITEUR

27-31, PASSAGE CHOISEUL, 27-31

M DCCC LXXIX

A MON PÈRE

DRAMES DE LA MER

LE GUETTEUR.

L'estacade s'étend longuement sur la mer ;
Tout au bout, sur les flots, droit et net, un amer
S'élève.
      Un homme est là, nuit et jour. —
                               Avec rage
Le flot rugit.
      Et l'homme, au plus noir de l'orage,
Fouille de son regard. —
           Il attend que l'éclair

Sépare d'un trait blanc le flot et le nuage ;
Calme, il a deviné l'approche du naufrage,
Il s'apprête à lutter, car cet homme est de fer.

Allons ! la barque arrive... elle entre dans la brume
Que font, sur les rochers, les tourbillons d'écume ;
Du gouffre et de la vague il sonde la hauteur.
Et son bras se détend... la corde siffle, tombe,
La barque la reçoit et s'arrache à la tombe.

. . . .

L'homme reprend son poste, alors.

C'est le guetteur !

L'ABORDAGE

Au général N. Comignan[1].

MICHEL ET JEAN.

De leur temps, c'étaient deux rudes gabiers,
Aux puissantes mains, aux larges épaules,
Corsaires et puis pêcheurs, baleiniers
Ils ont vu dix fois les mers des deux pôles.

1. Commandeur de la Légion d'honneur, chevalier compagnon de l'ordre du Bain, du Mérite militaire, etc., décédé à Mâcon le 26 mars 1868.

Ils ont gardé droits, sous leurs cheveux gris,
Leurs fronts balafrés de larges blessures,
Et j'ai, par eux deux, longuement appris
Tout ce que la mer garde d'aventures
Ils sont matelots, ces vieux compagnons,
Et les coups de mer, les coups de canons,
Les grands coups de vin à larges rasades,
Ils ont partagé tout, en camarades !
Mais c'est le passé ! Depuis qu'ils sont vieux
Du môle à la plage on les voit tous deux
Parlant de la mer, jamais d'autre chose.
N'est-ce pas le moins, quand on se repose,
De parler un peu de ce qu'on a fait?
Qu'on radote?... Eh bien !... c'est le droit de l'âge,
Car même à vingt ans on n'est pas parfait.
Un jour ils causaient ainsi sur la plage.

MICHEL.

Maintenant, tous les deux, nous voyons, en pensant,
La mer qui monte, et puis la mer qui redescend.
Elle est là sous nos pieds, là... calme et solitaire
Ou furieuse, et nous, nous aimions sa colère ;
Elle est là qui sourit avec ses grands yeux verts,
Tendant dès l'horizon ses deux bras large ouverts ;

Et nous ses amoureux, en tremblant devant elle,
Nous, vieillards, contemplant sa jeunesse immortelle,
Nous ne pouvons répondre aux baisers de la mer.

JEAN.

Mais nous pouvons songer à la revoir si belle,
Au temps où nous sentions son étreinte de fer.

MICHEL.

C'est fort loin ce temps-là !...

JEAN.

Que veux-tu !...

La mer nue
Fuyait sous leurs regards, comme ils parlaient ainsi;
Un nuage, un flocon, imperceptible nue
Montait sur le ciel bleu.
— L'orage vient ici,
Dit Michel, ce sera pour la nuit.

JEAN.

Forte brise
Le vent est sud-ouest, la mer au loin est grise,
Certes il va venter grand frais avant ce soir.

I.

MICHEL.

Ce brick arrive à temps... mâts bien pris et fond noir,
C'est un anglais... Dis donc, à propos quelle aubaine
Quand nous prîmes le brick anglais !

JEAN.

Le *Roi d'ébène !*

MICHEL.

C'était comme aujourd'hui, par une large mer ;
L'Océan infini s'ouvrait tranquille et clair
Et sur notre corsaire à la carène blanche,
Le *Renard...*

JEAN.

Le *Renard !*

MICHEL.

Nous allions sur la Manche.

JEAN.

Et rien à l'horizon où s'embusquait le soir.

MICHEL.

Voile au large, dit-on, tout à coup au bossoir,
Voile !... C'était un brick haut mâté, beau navire,
Un brick royal anglais... Il nous a vus, il vire
Amures à tribord et file droit sur nous.

JEAN.

Notre lougre, bercé comme sur les genoux
D'une mère, l'attend, diminuant sa toile.

MICHEL.

Nous avions conservé le taille-vent, la voile
Joyeuse se gonflait et nous roulions ainsi,
Quand un coup de canon nous salua. — Merci !
Dit Paul, le capitaine.

JEAN.

Il nous salue encore.

MICHEL.

Et gai je hisse au pic le drapeau tricolore,
Ils étaient deux contre un.

JEAN.

C'est ainsi qu'on se bat
Avec plaisir.

MICHEL.

Alors, branle-bas de combat!
Avec son gros flanc noir où six gueules luisantes
Des sabords large ouverts nous suivaient menaçantes,
Il était, sur ma foi, bien beau, le brick anglais!
Toup à coup sa bordée arrive et six boulets

Emportent deux haubans, et quelques camarades
Tombent; — je regardais nos quatre caronades
Qui se taisaient... Pourquoi les ferions-nous gronder ?
Des boulets ?... Allons donc !... Nous allions aborder;
Paul, la hache à la main chiquait et jurait, —

                                Gare !

Serre le vent, Michel ! dit-il (j'avais la barre
Comme second, j'avais gardé le vent).

                JEAN.
                            C'est vrai.
Il ventait sud-sud-est.

             MICHEL.

                    Enfin dans leur beaupré
S'enfonce notre avant, chaque grappin se mêle,
Mais eux nous dominaient de dix pieds et la grêle
Des balles tombait dru sur le lougre !

                          Pourtant
D'un bond nous étions tous sur le brick où, comptant
Par chaque coup de hache un homme mis à terre,
Nous avons pas mal ri de la vieille Angleterre !...
— Croche et cogne, garçon, du pic et du taillant,
Flanque une tête en bas, coupe un bras, ouvre un flanc,
Et, comme nous tapions, chacun comme un bon bougre,
Le sang, par les dalots, coulait sur notre lougre.

Mais nous avions gagné l'arrière. —

                        En large, en long

Le pont est balayé !... Baisse le pavillon !...

Et le pavillon rouge hors de sa drisse passe,

Retombe dans le sang, tandis que dans l'espace,

Sur le soleil couchant aux splendides lueurs,

Brillantes comme lui, montaient les trois couleurs.

Le brick était à nous, matelot !

JEAN.

                        Grosse affaire.

MICHEL.

C'était un beau métier que celui de corsaire !

L'EPAVE

Là-bas, c'est la mer; à nos pieds la plage
Toute nue et blanche. Et l'horizon fuit
Comme un long trait noir... Et pas un nuage
Au ciel où joyeux le soleil luit.

Au cœur de la plage un squelette énorme
S'étend monstrueux, isolé, difforme,
Déchirant l'azur, noir sur la clarté;
Il est seul, perdu dans l'immensité.

Et pourtant hier, sous ses voiles blanches,
Sur la vague verte où plongeaient ses hanches
C'était un beau brick aux élans joyeux.

Mais l'ouragan vint et couvrit les cieux.

Le squelette noir que la vague lave,
C'est le brick, superbe hier.

                                Une épave !

LA BAIGNEUSE

I

Oh! la charmante enfant! oh! la divine blonde!
Quelle grâce naïve et quels contours exquis
Alors qu'à pas pressés, foulant le sable gris,
Comme une autre Vénus, elle rentre dans l'onde!

Vaillante, elle sourit quand le flot écumant
De ses larges replis ceint sa taille de reine,
Et l'enlève soudain, comme eût fait un amant,
Et dans l'immensité l'entraîne!

Elle monte et descend au gré de ce vainqueur,
Comme au soulèvement d'une large poitrine ;
Tel un époux rêvé la pressant sur son cœur.

Tout à coup elle sent que la terre voisine
Fuit, qu'il faut revenir, que les flots sont plus lourds.
Mais le courant l'emporte... un cri vibre :.. Au secours !

II

Des sables aux récifs, que nous l'avons cherchée
  Le lendemain du jour maudit !
Au pied de la falaise on la trouva couchée :
  Dans nos âmes l'horreur bondit.

De ses longs cheveux blonds les épaisses torsades
S'agitaient, comme si le cœur battait encor,
Quand le fourmillement effroyable des crabes
Rendait une autre vie aux débris de ce corps.

Par les yeux dévorés, — de grands yeux noirs la veille, —
La horde immonde entrait, sortait, fouillait la chair,
Couvrant les membres bleus, meurtris aux coups de mer.

Oh! la blonde baigneuse, à la taille d'abeille!
Ce cadavre en lambeaux, c'est elle! elle, ô mon Dieu!
— Oui, nous répond le flot, calme sous le ciel bleu.

LE PHARE

Pleine mer !...

        L'homme du bossoir

Crie : — Un feu sur tribord ! veille à la barre ! terre !

Un point blanc a jailli dans le fond du ciel noir.

       — Serre le vent, timonier ! serre ! —

     Le brick marche et joyeusement

En attendant le jour ; de la rade il s'approche,

Et le jour apparaît ; le phare lentement

Y grandit blanc et droit, robuste sur la roche.

Dessiné tout entier dans les feux du levant,

Il domine la mer fauve qui, soulevant

Ses flots, semble un lion dormant au pied d'un chêne.

Et vienne, en rugissant, la tempête prochaine,
Entourant l'horizon d'un regard éclatant,
Inflexible lutteur, le vieux phare l'attend.

LES LAMANEURS

On voit, au bout des estacades,
Vingt canots effilés et gris,
Et la lame, à lourdes saccades,
Les heurte, car ils sont petits!

Pour barreur, un vieux camarade;
Trois gars, fermes aux avirons
Qui devant les bancs et la rade,
Disent : C'est là que nous mourrons,

Voilà l'équipage! —
                    Et que passe
Une voile dans le lointain,
Tant pis si l'ouragan menace! —

Chaque canot s'ouvre l'espace ;
C'est la course, folle d'audace,
Défiant la mort, pour du pain !

MICHEL LE SAUVETEUR

A M. Ch. Roucou.

L'orage s'apaisait, mais, comme une damnée,
La mer se démenait, hurlante et déchaînée,
Couvrant de tourbillons d'écume monstrueux,
Comme d'un lourd linceul, les gouffres ténébreux ;
Le regard s'effrayait à voir dans ces abîmes
D'énormes profondeurs suivre d'immenses cimes,
Chocs et déchirements où se jouait l'éclair
Qui blanchissait le môle ébranlé par la mer.

La nuit allait tomber, la marée était haute,
Et l'horreur, avec l'ombre, allait, croissant partout,
Quand un cri retentit : Un navire à la côte!...

— Le cri de proche en proche allait, disant :

— Debout !

Pêcheurs, la barque à flot ! la mer tient une proie...
Entendez, ô tigresse, elle hurle de joie...
Un navire à la côte ! en avant, matelots !
Du renfort aux vaincus que vont cerner les flots !

— Cette barque est du port ; si la mer l'a surprise,
C'est qu'il fallait trouver le pain de chaque jour,
Et que l'on part alors, sans songer au retour.

La femme, les enfants, la mère, tête grise
Que la mort a marquée, ils sont là tous, pleurant,
Criant, suivant des yeux la barque qui se penche,
A chaque coup de mer, rugissante avalanche
Qui la franchit de bout en bout, comme un torrent.

Ils se tordent les bras, et personne ne bouge
Près d'eux : — Jean, dit la vieille, eh quoi ! tu ne vois rien ?
Toi Jean, son matelot... il va mourir ?

— Eh bien ?

Dit l'homme brusquement...

— Sous sa vareuse rouge,

Son cœur battait à rompre, — il l'avait dominé ;

— Eh bien! que faire?

    — Et toi, disait la vieille mère,

Toi, Louis, songes-tu que mon fils t'a donné

Du pain, lorsque blessé, tu demeuras à terre?...

Et toi Jacques, le jour où toi, ton fils, ton père,

Vous étiez en danger comme lui, souviens-toi

Qu'il vous a sauvés tous, lui, mon fils!...

      — Eh! j'y pense,

Dit Jacques. — Oui, je sais qu'il doit compter sur moi,

Fit Louis ; seulement si, belle récompense,

J'allais à son secours, pour couler avec lui,

Je serais fou, la mère!

    — Et lui hier?

      — Aujourd'hui,

Le danger est plus grand que la force des hommes,

Et de vingt matelots et pêcheurs que nous sommes

Ici, tous vous diront qu'il est fou d'y courir ;

Qu'un d'eux me dise : Va! j'y vais, sûr de mourir.

Mais les vingt matelots dirent tous : Cette chose,

Mère, ne se peut pas ; voulez-vous qu'il s'expose,

Sachant qu'il ne peut pas les sauver?...

      Que demain,

Sa femme et trois enfants de plus meurent de faim?

La mère se tordait les bras; folle, la femme
Pleurait, criait, mordait le môle de granit,
Et toute la douleur humaine ouvrait leur âme.
Quoi! devant eux, tout près, le trépas réunit
Et l'époux et les fils dans une même étreinte,
Grappe humaine attachée au mât qui dit sa plainte,
Lui, leur dernier espoir, sur l'abîme hideux!...
Cinq haubans le tenaient, il vient d'en perdre deux!

Mais un cri retentit :

                         — En avant la *Bretonne!*
C'est une large voix qui domine et qui tonne!
— En avant, parez-moi la barque, les amis.
Ces gens-là ne mourront que si je l'ai permis.

Tous se sont retournés.

                 C'est Michel!

                                Il s'avance,
Calme, sondant l'espace et s'y guidant d'avance :
Les femmes regardaient tremblantes, à genoux.

— Allons, un coup de main, les garçons, puis à nous
La tempête! dit-il.

                 Il embarque, il entr'ouvre

Une voile au bas ris; dans la mer qui le couvre
Rugissante, il s'enfuit et court aux naufragés !
Tous ont dit : C'est Michel ! et tous se sont rangés,
L'aidant à ce départ incroyable d'audace.
Sa femme l'a suivi, l'arrêtant.

                  — Femme, place !
A-t-il dit : le petit me regarde là-haut,
Et dussé-je périr à la tâche, il le faut !

Pâle et sans lui répondre, aussi sombre elle-même,
Sa femme se recule, et d'un baiser suprême
Les deux vieillards se sont étreints, car il est vieux,
Michel qui va braver l'ouragan furieux !

Les regards sont ardents à suivre la bataille
De la barque et des flots, dont la large tenaille
Enserre lourdement à chaque bond nouveau,
Comme pour les broyer, les flancs noirs du bateau.

Mais Michel va virer, le danger est suprême ;
Tout est là !

           Quand un cri domine le flot même,
Appel terrible !

               Un câble à côté d'un pêcheur,

Tombe lourd, on l'étreint, et tous avec fureur
Le tirent haletants; la barque est enlevée,
Double le port, se range au môle : elle est sauvée,
Ruisselante, les mâts brisés.

                  Et c'est un cri,
C'est la mère et la femme et les fils, le mari,
Tous mêlant tout leur cœur.

                La barque est amarrée,
On s'élance, on s'étreint, la poitrine serrée
Sur l'autre, à la briser :

              Lui, Michel, à son tour,
Saute à terre, il va fuir, mais on le voit, on court :

—C'est bien ! dit-il, c'est bien ! laissez, que vous importe
Si j'ai vaincu la mer ? elle sera plus forte
Que moi demain; la mort n'a pas voulu de moi
Aujourd'hui.
        Puis à part :

               — Elle tarde, ma foi ! —
— Il disparut... sa femme avec lui... souriante,
Mais cachant son bonheur.

            D'une voix suppliante,
Lui disant : C'est assez tenter Dieu...

                Brusquement,

L'homme lui répondit : Soit!... Mais le châtiment ?
Puisque je l'ai creusé, je dois remplir le gouffre.
Je m'approche effrayé d'un vieux pêcheur, et bas :
— Père Antoine ! lui dis-je.

        — Hein ?

             — Ne sauriez-vous pas
Ce que cet homme pense, ou ce qu'il souffre ?

                  — Il souffre,
Me dit le vieux pêcheur, car écoutez ceci :
C'était... voilà longtemps... à la même heure, ici...

Déjà depuis dix mois, sur nos sables d'Olonne,
Chaque jour amenait quelque barque bretonne.
Plus pauvres, plus hardis dès lors ou plus heureux,
Les Bretons nous prenaient tout le poisson pour eux,
Et, voyant notre part de la mer libre à peine,
Nous autres Olonnais, nous frémissions de haine.
Mais ces Bretons maudits, âpres et durs au gain,
De plus en plus nombreux, nous volaient notre pain.

Michel était de ceux qui voyaient, avec rage,
Des étrangers venir prendre sa place au port,
Il grommelait tout bas des paroles de mort
Et, sinistre, disait. A quand un bon naufrage ? —

3

Michel avait un fils, joli comme un amour,
L'enfant avait huit ans ; cette bonne herbe pousse
Vite au bord de la mer ; le gars, de jour en jour,
Était plus vif, plus leste, et déjà presque un mousse.
— Allant de barque en barque, et de vergue en gréement,
Il était bien reçu le petit, que gaiement,
Partout à droite, à gauche, on lutine, on embrasse ;
C'était un de nos fils et de la bonne race,
Son père fier de lui souriait, plein d'espoir.

Mais songeant aux Brétons, son front devenait noir,
Car il avait au cœur une haine tenace.

Un jour, il m'en souvient encor comme d'hier,
Le temps devenait dur vers le large ; une voile
Apparut au lointain, la barque à sec de toile
Fuyait les flots, ces chiens écumants de la mer.

On distingue bientôt que c'est la voile rouge
D'un Breton qui sortit pour gagner quelques sous
Et revenir à temps.
                    — Que personne ne bouge,
Dit Michel furieux, en se joignant à nous,
Ils prennent notre pain, bon ! que la mer les prenne.

La barque s'avançait, elle venait à peine
A cent brasses du port, quand un grain la saisit,
La poussa sur les bancs, comme un fétu qu'emporte
Une trombe...

        Et Michel sombre en jurant nous dit :
— La leçon sera bonne, arrêtons-nous ; qu'importe
Le Breton ! —

        Il parlait, on était incertain.
— Les Bretons, il est vrai, nous prennent notre pain,
Dit un homme, et la haine alors fut la plus forte.

Les Bretons nous criaient : Au secours !... on pouvait
Leur lancer un grelin, la barque dérivait
A portée.

        Ils criaient : Au secours !... pauvres hommes !

De ceux qui furent là, muets et sourds, nous sommes
Deux vivants. — Lui Michel et moi !

        Regardez bien :
De ce jour, je n'ai pu sourire, et je n'ai rien
Vu d'heureux. — Cependant celui qui fit le crime,
Ce fut vraiment Michel. — Et pour finir :

        L'abîme
S'ouvrit, se referma sur les Bretons. — La mort

Les tenait à jamais.

              — Ça nettoiera le port,
Dit rudement Michel, en s'éloignant du môle.

Sa femme en ce moment lui frappa sur l'épaule :
— As-tu vu le petit? dit-elle.

              — Le petit?
Non!... Mais dans une barque il s'amuse sans doute,
Je l'ai vu qui jouait quand le Breton partit.
Voyons. — Et sans songer à mal, il prit la route
Du chenal. — On chercha... Moi, tous... on appela.
Mais rien; on se le dit, tout le port s'en mêla
Et l'on cherchait en vain.

              — Femme, dit Michel, femme,
Je viens de faire là quelque chose d'infâme.
— Il lui montrait les flots. — Femme, Dieu me punit. —
Sa voix tremblait...

           Va donc, es-tu fou? dit la mère,
Cherche!... On s'éparpilla, puis on se réunit
Sans rien.

           — Plus d'un Breton, dit Michel, était père.
Ah! si Dieu me punit, je l'ai trop mérité.
On cherchait cependant... Par sa crainte emporté,

Michel fouilla le port, Michel fouilla la plage,
Rien !
  La nuit se passa.
    Le matin, du village,
Michel et ses amis partaient comme des fous.
— Qu'est-ce donc, dit l'un d'eux, que cela devant nous?
Quoi !
  Les corps des Bretons? —
    Non!... Un corps, blanche épave,
Seulement était là !...
    Le flot, de sa voix grave
Disait l'hymne de mort de tous les matelots.
Et, rouge, le soleil se levait sur les flots.
Ils coururent au corps.
    Ce fut un cri sauvage,
Car l'enlaçant, broyant les pierres du rivage,
Michel saisit le corps, le levant à demi.
Et c'était son enfant, il était rose encore;
Ou bien, pauvre petit, aux lueurs de l'aurore,
Nous paraissait-il beau comme un ange endormi?

L'enfant s'était caché dans la barque partie
Dont personne n'avait remarqué la sortie;
Je me souvins enfin qu'un des pauvres Bretons

         3

Levait comme un fardeau dans ses bras; mais la brume
M'empêcha de bien voir; puis un monceau d'écume
Couvrit l'homme et la barque.

Un de nous dit : — Partons !
Partons et relevons Michel, et vite, en route !
Je pris le petit corps dans mes bras et je doute
Qu'un homme puisse avoir les bras aussi brisés.
Les petits cheveux blonds étaient encor frisés. —
Michel faisait pitié, le pauvre misérable !
Et la mère !...

Ah ! tenez, Michel fut bien coupable;
Mais rien qu'en ce moment je crois qu'il a souffert
Tout ce qu'on peut souffrir, eût-on un cœur de fer.

Et le temps s'est passé, mais depuis, quand l'orage
Gronde au ciel, Michel court au-devant du naufrage,
Son bateau, *la Bretonne*, il a choisi le nom,
Est là prêt et qui part.

C'est l'expiation.

Tandis que j'écoutais, frémissant, l'âme entière
Ouverte, nous étions venus au cimetière.
— Tenez, c'est un hasard, profitons-en, me dit

Le matelot. Voyons la tombe du petit.
Pauvre petite tombe, elle était entourée
D'une grille de bois, pieusement parée ;
Vingt couronnes jonchaient le sol.

      — Tenez, voilà
Comme il tient son serment, car ces couronnes-là,
Il les porte, chacune après un sauvetage.
J'eus peur que le marin ne parlât davantage,
Car je voulais songer, m'agenouiller ; ma main
Touchait la grille.

    Un pas fit trembler le chemin,
Je m'étais retourné.

    Michel, une couronne
A la main, la portant comme un pesant fardeau
Était là.

    Sans nous voir, il l'embrassa :

       — Pardonne,
Dit-il, en la jetant sur le petit tombeau !

LES RÉCIFS.

Ils sont là, comme des bandits
Guettant une proie ;
La mer avec ses chants maudits,
Rit et les caresse, en fille de joie.

Ils sont là cachés, tout au ras des flots
Qui tombent entre eux avec des bruits rauques ;
Flottant sur leurs fronts, l'algue aux teintes glauques,
Cherche à les dérober aux yeux des matelots.

Leur chaîne, serpent qui là-bas commence,
Vrai monstre hideux d'immobilité,

Vers le large ouvrant son contour immense,
N'attend que l'orage et l'obscurité.

L'ouragan parfois a quelque clémence,
Lui, le récif, c'est la Fatalité.

L'AUTRE.

A Madame Boquet-Liancourt.

Pierre dit à Louis : — Sais-tu que Jeanne est belle?
Louis se recula, troublé... Jeanne?... c'est elle
Que je voulais choisir... Mais il l'aime.

                              — Eh bien quoi?
Reprit Pierre, est-ce que tu l'aimerais toi !

                              — Moi!...
Répond Louis... par Dieu, faut-il donc que je mente?
Eh bien, je l'aime aussi!...

                    Mais ils sont matelots
Pierre et Louis, et c'est, pour les coureurs de flots,
Une sainte amitié que le danger cimente,

Car, pour parer ensemble aux coups de vent du sort,
Matelot, c'est tout dire... A la vie!... à la mort!

Pierre songeait; Louis dit : — Matelot, sans doute
Nous avons à causer tous deux ?...
                                        — Soit, je t'écoute.
— Allons voir Jeanne!...
                              — Oui, viens!
                                        — Nous lui parlerons,
Et, comme matelots, nous nous déciderons.
Ce qui fut dit fut fait. Jeanne fut abordée.
On s'explique... Une chose enfin fut décidée :
Jeanne ne voulant pas faire son choix entre eux,
Leur laissait ce hasard (un vrai trait de génie!)
Que le plus tôt rentré, sa barque bien garnie,
Irait le dire à Jeanne et deviendrait l'heureux.

Allons, hisse, garçon!... La barque est bientôt prête!..
La mer calme la berce avec un chant de fête,
Et chacun d'eux, doublant le môle de granit,
Tourne la tête et croit voir Jeanne qui sourit.
Louis prit à tribord, Pierre à bâbord...
                                        Et roule,
Danse, barque légère, au vieux chant de la houle!

Deux jours sont écoulés... et Jeanne, vers le soir,
Caquetait sur le seuil... Soudain, un grand chien noir,
Superbe terre-neuve aux formes léonines,
Vint se jeter, joyeux, au milieu des voisines !
Tiens, c'est le chien de Pierre !.. et ce ne fut qu'un cri.
Puis, Jeanne en rougissant, voyant, à perdre haleine,
Pierre accourir, leur dit : —C'est Pierre mon mari !...
Et Pierre embrassa Jeanne; oui, sa barque était pleine
A couler bas !

         — Louis ne rentra qu'au matin ;
Mais, rude matelot, souriant au destin,
Et gardant avant tout son âme droite et fière,
Louis, loyalement, tendit la main à Pierre
Et lui dit : — Matelot, je serai ton témoin ! —
Donc la noce se fit et je n'ai pas besoin
De dire les bons mots, les gros éclats de rire,
Les grands coups que l'on but, et tout le branle-bas !...
Les chansons de gabiers (rudes mains pour la lyre !)
Enfin ce qui se dit et qui ne se dit pas...

C'était de grand matin et la brise était bonne.
— Voyons, un gros baiser, Jeannette, ma mignonne,
Dit Pierre... Et nous allons partir pour quelques jours,
Car ce n'est pas le diable, un voyage au long cours !

Seulement... oui, c'est bête, et le diable m'emporte,
Dit-il, en voyant Tom, mais l'idée est plus forte
Que moi; garde le chien... Adieu, mon gros pataud !
Dit Pierre, et le marin regagna son bateau.
... Tom tourna vers la mer son œil profond de bête,
Puis suivit Jeanne... Et Jeanne, ayant courbé la tête
Pour mieux voir le départ, au môle s'élança,
Et quand la voile blanche, en s'inclinant, passa,
Pierre joyeusement dit : Au revoir, Jeannette !
— Au revoir !
                    Et, penché sur sa vieille lunette,
Le guetteur, en riant, dit à Pierre . Eh! là-bas!
Ta femme est trop jolie ; aussi ne reviens pas. —
Jeanne n'entendait rien... sa gorge était serrée,
Et tant qu'elle le put, sur la vague empourprée
Par le soleil couchant, elle suivit des yeux
La voile, point perdu sous l'immense des cieux !...
... Puis Jeanne allait bientôt mettre un enfant au monde.
Elle se demandait si Pierre le verrait...
Tom du regard fouillait aussi la mer profonde,
Et l'on eût dit, ma foi, que la bête pleurait !...

Un an s'écoule... et puis un an... un an encore!...
Rien!... Et sur la falaise, au couchant, à l'aurore,

4

Jeanne perçant la nuit de son regard fiévreux,
Jeanne est là, toujours là, toujours là, pauvre femme !
... Et sur son front pâli, les souffrances de l'âme
Ont écrit ce qu'on lit au front des malheureux.
Plus d'une amie enfin lui frappa sur l'épaule,
Voyant avec terreur son immobilité,
Surtout lorsque le soir, Jeanne, accoudée au môle,
Emplissant son regard d'ombre et d'immensité,
Demeurait là, muette et l'œil épouvanté !
Oui ! c'était bien en vain qu'elle attendait son Pierre,
Car il était trop tard, son trois-mâts désormais
Gisait, enseveli dans le grand cimetière
Où sont tant de tombeaux qu'on ne verra jamais !
Quand le flot descendait, Jeanne vers la chaumière
Revenait lentement. La pauvre femme en deuil,
Mère à présent, passait le misérable seuil
Mais sans voir la détresse, affreuse, inexorable,
Qui guettait son retour plus triste chaque soir.
— Qu'importe à la douleur, qu'elle soit misérable,
Si la douleur comprend qu'elle n'a plus d'espoir ! —
Pour le pauvre petit, qui ne pouvait pas rire,
N'ayant vu que pleurer, il ne savait que dire ·
— J'ai faim ! — On lui trouvait toujours un peu de pain
Gagné rapidement.

Mais une fois, en vain
Jeanne fouilla la vieille armoire... Elle était vide !
L'enfant disait : J'ai faim !... Jeanne, blanche, livide,
Fouillait !...

Mais tout à coup voici que Tom hurla.
— Du pain ! disait l'enfant. Une voix de la porte
Cria : Tu veux du pain, moussaillon, en voilà !...
Et vous, Jeanne, c'est mal de souffrir de la sorte,
D'oublier que Louis a du cœur... Oui, c'est trop !
Et que Pierre, surtout, était mon matelot !...
Ma mère vous attend, j'ai du pain dans l'armoire.
Et j'ai des bras pour Pierre, et vous allez me croire,
En allant de ce pas jusques à la maison.
Jeanne dit lentement : Oui, vous avez raison,
J'oubliais !

Puis un an encor se passa. — Mère,
Dit Louis, feras-tu ce que tu m'as promis?
— Oui ! va-t'en, mon garçon.

Attente ! ô coupe amère
Que Jeanne a dû vider jusqu'au fond !... L'œil soumis,
Elle semble oublier l'amertume passée...
Certes le coup fut rude... et quand l'âme est blessée

A ce point, elle peut s'engourdir dans les pleurs,
Mais on ne guérit pas de certaines douleurs !
La mère de Louis pensait : — Louis espère
L'épouser, et le dit à Jeanne.

           Elle pleura,
Jeanne, elle vit l'enfant qui n'avait plus de père...
— Encore un an. dit-elle, et votre fils m'aura ! ..
Et jusqu'au dernier jour elle attendit, pauvre âme,
La dernière marée et la dernière lame ;
Sombre, elle les compta, puis revint lentement.
Aussi :

       Je suis à toi, dit-elle tristement
A Louis.

       — Non pas, Jeanne, et reprends ta parole,
Si tu crois espérer... pense et nous attèndrons !...
Va, dit Jeanne, il est temps que quelqu'un nous console,
Tu nous aimes tous deux; Louis, nous t'aimerons.
Six mois sont écoulés... La tempête fait rage ;
Le vent rugit, le flot répond...

           Près du hameau
Est un logis sinistre, il est fait d'un bateau
Arraché sur la rive aux griffes du naufrage.
Cette carcasse pend au-dessus d'un rocher,
Et les gens du pays, s'il faut en approcher,

Se signent et pour vrai, c'est une horrible vieille
Que la maîtresse de ce logis. — Elle veille,
Grimaçant au sabbat que l'ouragan conduit. —
Mais tout à coup, voici qu'on ouvre son réduit,
Puis une forme noire entre... et, levant la tête,
La vieille eut comme peur.

                    Un homme descendait,
Il était précédé d'un souffle de tempête,
Et suivi des clameurs de la mer qui grondait !
Les yeux entraient si noirs dans sa tête amaigrie
Que l'on ne voyait pas si l'homme regardait.

La vieille reculait, l'œil hagard.

                         — Je parie
Que tu me reconnais ? dit l'homme au regard creux...
— C'est bien moi... moi vivant... assieds-toi, je te prie.
Tiens, prends ces deux écus et causons !

                               — Malheureux !...
Grondait la vieille...

              —Eh bien ? ..

                   —Toi, Pierre !...

                         —Eh bien !...

                             —Toi, Pierre !...
L'homme se contenait à peine . Allons, dis-moi

Des nouvelles... allons... Si je m'adresse à toi,
C'est que je suis certain qu'au fond de ta tanière,
Nul ne vient cancaner... et tu comprends aussi
Que je ne puis entrer, comme un coup de rafale,
Au logis... et puis, Jeanne est-elle encore ici?

La vieille répondit, et sa voix sépulcrale
Tremblait, et Pierre apprit toute la vérité!...

Rugissant, ivre, fou, sous l'horrible blessure
Il cria: Non!... et puis, comme s'il eût été
Jeté par l'ouragan hors de cette masure,
Il s'élança, brisant la porte du réduit,
Et disparut, d'un bond, dans l'horreur de la nuit!

Jeanne faisait alors apprendre sa prière
A l'enfant, et Louis souriait à tous deux,
Puis grave:
                    — Le Pater de chaque soir pour Pierre,
Dit-il. —
              A la fenêtre, un visage hideux,
Infernal, éclairé par la lueur de l'âtre,
Regardait...
              Le Pater, je crois qu'il l'entendit,

Car il se retira de la lueur rougeâtre,
Et, raide, sur le sol fangeux il s'abattit !

C'est alors qu'une forme à ses côtés bondit,
Puis rampa. L'ouragan hurlant allait permettre
De pleurer au vieux Tom et de lécher son maître,
Et l'homme s'éveilla, caressé par le chien !

Tremblant il se leva, puis dit lentement :

                                  — Bien !
Qu'ils soient heureux !...

                    Il prit le vieux Tom par la tête,
Et, devant la fenêtre, il embrassa la bête ;
— Adieu, vous tous, je suis bien mort !... Ne craignez pas
De me revoir !

                Louis disait à Jeanne : — Écoute !
N'as-tu rien entendu qui grommelait en bas ?
Mais Pierre chancelant prit, au hasard, sa route,
Et Tom, en vieil ami, le suivait pas à pas. —
Louis ouvrit la porte et cria :

                           — Tom, arrive !..
Rien ne lui répondit, que cette voix plaintive
Du flot lointain battant la grève.

                         Il avait cru

Bien entendre parler... et voulut voir lui-même
Puisque Tom se taisait... Tom avait disparu !
Et son cœur se serra d'un serrement suprême.
— Tom ! cria-t-il... La nuit engouffrant son appel
Le gardait... Un éclair ouvrit, d'un blanc sillage,
L'ombre qui reliait la terre avec le ciel !...
Louis vit deux points noirs qui couraient sur la plage
Et, pâle, il referma la porte brusquement...
— Jeanne, Jeanne, dit-il, encore une prière.
A genoux tous les trois !... Jeanne, prions pour Pierre !
Et tous trois, à genoux, prièrent longuement !

LE CUIRASSÉ

Noir et lourd, sous sa forme étrange,
Il est haï des matelots.
La mer, en écumant, le frange
D'une large écharpe de flots ;

Ses canons, à l'énorme gueule,
Sortent à peine des sabords,
C'est la force brutale seule ;
Plus de hardis, et place aux forts !

Le lourd éperon broie, écrase ;
Plus de voilure qui s'embrase ;

Tout est de fer — et le voilà
Menaçant.

        Mais d'un flot la cime
S'ouvre, — Le cuirassé s'abîme
D'un coup : —
           La torpille était là !

LA TORPILLE

Il va, le cuirassé, sombre, sous son panache
Noir que la cheminée exhale lourdement
Dans un gai sillon blanc, la vapeur s'y détache,
       Il va majestueusement.

La mer est calme, au loin la côte est blanche et nue;
Mais, sous la mer, un être étrange s'est caché;
Il flotte doucement, il attend la venue
Du monstre aux flancs d'acier... Le monstre l'a touché,

Et le monstre le broie et, sur la mer, scintille
L'or du couchant. —
              Mais non... vengeance du petit,
Le flot bouillonne... et le cuirassé s'engloutit !

O géant!... c'est le rien écrasé, la torpille
Qui, sans pitié, l'entraîne avec elle à la mort...

. . . .

J'aime voir le petit qui terrasse le fort ! —

LES VENGEURS.

A M. le comte Foucher de Careil, sénateur.

Voilà ce souvenir de mon temps de corsaire,
Puisque vous y tenez, dit le père Gaspard :
— C'était dans l'Océan : mon lougre, *le Renard,*
Avait pris un gros brick anglais pour adversaire.
Ils étaient dix contre un, mais pour tout décider
Nous n'avions qu'une chose à bien faire, aborder ;
Car alors le canon doit céder à la hache,
Le brutal est muet ; tandis qu'au loin, s'il crache
Quelques boulets ramés et que le tir soit bon,
On n'a plus qu'à clouer au mât son pavillon,

Surtout quand, pour un coup, on en reçoit quarante,
Et se laisser couler comme fit le *Vengeur*.
— Au reste, un bon corsaire avant tout est rageur;
Et puis se canonner de loin, sans que l'on sente
Le coup qu'on a donné pénétrer dans la chair,
Sans entendre les cris, le cliquetis du fer,
C'est à peu près autant que tirer à la cible.
Mais je reviens au fait. — Nous avions évité
La première bordée; il nous était possible
Encore d'espérer, car le lougre, emporté
Sous sa large voilure, allait à l'abordage.
Nous étions à peu près bord à bord, et déjà
Chacun tenait son arme et se disait : Courage !
Et voyons le premier de nous qui montera.
Soudain notre grand mât, qui fut touché sans doute
Sans qu'on s'en aperçût, s'abattit sous l'effort
De sa voile, et le lougre ayant perdu sa route
Aux pointeurs ennemis découvrit tout tribord. —
Or, les Anglais veillaient, comme vous pouvez croire.
Une bordée arrive, une autre, une autre après,
Déchirant la carcasse et hachant les agrès.
Nous n'avions plus, mes fils, que le grand coup à boire.
— Nos deux canons tiraient comme deux enragés.
Nous crûmes un instant que nous étions vengés

Même, car dans l'Anglais une large blessure,

Juste à la flottaison, apparut : un beau coup !

L'Anglais cessa le feu, manœuvra sa voilure

Et vira, pour pouvoir réparer son atout.

Mais de son nouveau bord, six grosses caronades

Se mirent à cracher, fauchant les camarades

Aux pièces qu'on servait sans repit. —

Mon bateau,

Rasé, sanglant, ayant des blessures sous l'eau,

N'eut plus qu'à couler bas. — Une chaloupe anglaise

Vint à nous. — Rendez-vous ! cria son officier.

De vingt fusils il vit se rabattre l'acier

Et fila. —

Nous chantions alors la Marseillaise

En coulant ; les Anglais tiraient en furieux.

Enfin aux derniers coups, j'ai cela sous les yeux,

Quand le lougre entr'ouvrit sa carène meurtrie,

Nous chantions tous :

« Allons, enfants de la patrie ! »

Alors un tourbillon, un énorme entonnoir

M'attira. —

Pensant à votre aïeule :

Au revoir !

Dis-je ; et dans un éclair, votre père, Marie

Sa sœur, je revis tout.

Pourtant je fus sauvé,
Puisque le lendemain je me suis retrouvé
Dans l'entrepont anglais, avec trois camarades.
Nous étions peu blessés, mais faibles et malades.
Nous ouvrîmes des yeux étonnés ! — C'est donc toi,
Jean-Louis, c'est toi Pierre ? et chacun dit : C'est moi.
Ce fut tout, car chacun s'endormit. —

Dans l'affaire
Le plus gros de la chose était encore à faire.
Nous nous dîmes Voyons (c'était le lendemain) :
Le gueux de brick anglais a repris le chemin
Des pontons de la mort lente, agonie infâme !
Nous sommes prisonniers !. .

Mais nous avions dans l'âme
Qu'il faut mourir et non demeurer prisonniers.
Des corsaires du lougre, en étant les derniers,
Nous étions leurs vengeurs. —

Un matin nous montâmes
Escortés sur le pont, et nous suivions les lames
Des yeux ; et, descendus, Jean-Louis dit :

J'ai vu
Guernesey sur tribord. — Un espoir imprévu
Nous transporta... C'est près de France...

                                   Qu'entreprendre?
—J'ai vu, dit Jean-Louis, que nous pourrions descendre
Dans la cale et chercher la place des boulets
Qui n'ont pas su couler à temps tous nos Anglais.
Si la voie est bouchée, on en sait la manière;
On débouche, on revient sur le pont, lentement
Jusqu'à l'arrière, on va jusqu'à la baleinière.
Elle est prête. Il suffit de tuer proprement,
Sans bruit, les timoniers; de larguer doucement
Les palans; on choisit, tu vois que le vent saute,
Un peu de temps de houle et l'on gagne la côte,
Tandis que les goddems coulent, que nous vengeons
Les amis et le lougre. Est-ce parlé?
                                   — Songeons
A tout; c'est dit, mon vieux. Mais des armes?
                                            Tonnerre!
Dit Jean-Louis, et ton couteau? Moi, j'ai le mien.
Et tous trois sur ces mots nous nous dîmes
                                        — C'est bien.
— La nuit venait, le brick avait doublé son erre,
Car il ventait bon frais; le roulis et les flots,
En clapotant, couvraient les bruits des matelots
Nous cherchâmes alors à descendre à la cale.
Jean-Louis a trouvé l'un des panneaux, s'affale,
                                        5.

Disparaît et nous dit · — Veillez, je ferai tout.
Et nous, nous attendions haletants !

                                        Tout à coup
Un bruit lointain et sourd vint jusqu'à notre oreille ;
Puis, Jean-Louis parut.

                              — Au canot, à présent,
Nous dit-il ; endormons surtout quiconque veille.
Tenez bien vos couteaux. —

                                    Donc, nous allions glissant
A pieds nus sur le pont, où veillait, à l'arrière,
Par une belle nuit, couvrant la mer entière,
Un officier de quart près d'un seul timonier.
— Pour mon compte, dit Pierre, il me faut l'officier,
A vous deux, le barreur. —

                                    Ce fut fait en silence
Et vite, je vois Pierre encore qui s'élance
De l'ombre où lentement il suivait son chemin,
Prend l'Anglais, un enfant de vingt ans ; d'une main,
Il lui ferme la bouche et le frappe de l'autre ;
Mais, cet Anglais à bas, il nous restait le nôtre ;
Or, c'était un vieux loup ; il avait bu, je crois,
Trop de gin et dormait à moitié : de mes doigts
Je lui serrai la gorge, et dans une seconde
Je l'envoyai cuver son gin dans l'autre monde ;

Puis tous trois nous avons alors, à petit bruit,

Démarré les palans, descendu dans la nuit

Le canot et suivi nous-mêmes sa descente.

— Libres! nous disions-nous, et la mer frémissante

Nous berçait doucement.

               — Libres!... libres! Fuyons.

— Non pas, dit Jean-Louis, et le brick?...

                               Regardons

Comment coule un anglais sous un boulet corsaire,

Ça venge notre lougre et les vieux qui sont morts.

Le brick était muet et noir. Mais ses sabords

S'illuminent soudain, et des cris de colère,

Des ordres, des appels arrivent jusqu'à nous.

— Allez donc!... Essayez tout ce qui peut vous plaire,

Disions-nous, mais il est déjà trop tard pour vous.

Le navire en effet s'incline sur la hanche,

Il ne gouverne plus. Brusquement il se penche

Presque la quille en l'air, puis se lève un grand coup,

Comme s'il reculait en face de la tombe.

Enfin, la mer s'ouvrant, comme dans une trombe,

Le navire tourna deux fois et ce fut tout !

Où se trouvait le brick, la mer unie, immense,

Clapotait et tous trois alors : —Vive la France!

Nous écriâmes-nous, le *Renard* est vengé !...

Puis, ferme aux avirons, et le cœur allégé
Du poids de la défaite, ayant redit encore :
— Vive la France ! ayant calculé le chemin,
Nous prîmes notre route et vîmes à l'aurore
La Hogue, où nous étions tous trois le lendemain.

MARTHE

A mon ami G. Destouches.

Les femmes du Pollet sont toutes belles femmes,
Et pour Marthe, c'était la perle du Pollet;
Elle avait deux yeux noirs d'où jaillissaient deux flammes,
Et lorsqu'en jupons courts, laissant voir le mollet,
Et bras nus, forme fine et chair marmoréenne,
Lorsque portant la tête avec un air de reine,
Le filet sur l'épaule, elle allait à la mer,
Chacun se retournait, en la voyant si belle.
Mais Marthe, froidement et le regard rebelle,
Passait, ou répondait par un sourire amer.

Les femmes du Pollet sont toutes belles femmes,
Cependant, en fouillant le plus vieux souvenir
On ne trouverait rien qui pût oser ternir
Leur inflexible honneur... Non !... dans ces fortes âmes
Ceux-là seuls ont un droit véritable à l'amour,
Ceux qui, bravant la mer, la domptent chaque jour.
Une femme, au Pollet, son enfance passée,
Avec quelque pêcheur doit être fiancée.
Marthe ne l'était point !...

                Quand venait le gros temps
Son cœur battait à peine ; elle n'avait personne
Qu'étreignît l'ouragan, lorsque la foudre sonne
L'hallali du bateau qu'entourent, haletants,
Les grands flots écumeux !

                Marthe avait dix-huit ans !
Pourtant Marthe songeait devant cette mer nue
Commençant à ses yeux, finissant à la nue,
Devant elle, s'ouvrant grande, plus grande encor
Quand le soleil couchant, découpé par les lames,
S'y drapait dans la pourpre et se couronnait d'or.

Songes mystérieux, rêves de jeunes femmes.

Mais à quoi songeait Marthe?..

                              Un jour elle avait vu,
Dans le chemin ombreux qui conduit à la grève,
Un homme qui, comme elle, ouvrait son âme au rêve ;
Elle sentit au cœur un coup sourd, imprévu...
Car cet homme était beau, car sa tête était fière,
Son front large, et ses yeux s'emplissaient de lumière
Lorsque, sondant l'espace et lisant l'infini,
Sur la toile il jetait tout cela réuni.
Certes, Marthe lutta !... Mais, ô lutte insensée,
S'il faut vaincre son cœur et dompter sa pensée !...
... Marthe revint souvent par le chemin obscur
Que la mer et le flot fermaient d'un trait d'azur...
Le peintre l'avait vue, admirée ; ils parlèrent.
Le peintre déchira sa toile ; — ils s'en allèrent
Souvent et seul à seul devant eux, sans chercher,
Parlant peu, s'arrêtant au sommet du rocher.
... Sous eux le flot chantait, eux contemplaient l'immense,
Et leur cœur débordait !
                              Jour divin où commence
L'amour... où, de la chair levant le poids fatal,
L'âme, de sa prison, entrevoit l'idéal.
Marthe était orpheline et n'avait plus au monde
Qu'un aïeul qui l'aimait de l'amitié profonde
Qu'ont ceux qui vont partir pour ceux qui resteront.

Le vieillard chaque soir, en l'embrassant au front,
La bénissait, tremblant et chaque soir plus sombre :
Car il voyait ses pas qui vacillaient dans l'ombre;
Un jour, pour lui si rare, était si tôt passé !
Il parlait du logis vide d'un fiancé.
Marthe lui répondait qu'elle était indécise,
Que pour elle un amour la ferait trop souffrir,
Et le vieillard pensif courbait sa tête grise,
Et lui le vieux corsaire avait peur de mourir.
Vieux corsaire en effet, vieux routier de la vague,
Hier jetant le boulet, et le filet, demain,
Hier à l'abordage, et demain, à la drague,
Il a, sur chaque mer, mesuré le chemin !
A chaque rumb de vent qu'il pointe sur la carte,
Il retrouve sa route et voit un souvenir.
Avant ce jour fatal, noir comme l'avenir,
Où Marthe rencontra celui qu'elle aimait, Marthe
Aux pieds du vieux marin s'asseyait chaque soir,
Et, douce, lui chantait quelque vieille complainte.
Mais hélas ! maintenant, une étrange contrainte
Arrête la chanson sur sa lèvre; à la voir,
Elle autrefois si gaie, à présent si songeuse
Et si pâle, un soupçon vint à l'âme ombrageuse
Du vieillard et dans l'ombre on aurait vu briller

Son regard net et froid, comme un reflet d'acier;
Mais ce fut un éclair; il reprit sa tristesse.

Et maintenant, le temps redouble de vitesse,
Non pour le vieillard seul, mais pour Marthe elle aussi.
Marthe avec épouvante entrevoyait ceci:
C'est qu'avant peu de temps, elle allait être mère.
Réalité terrible écrasant la chimère
Des beaux jours écoulés! Que devenir? où voir
Le salut? et partout la nuit, le désespoir!
Le peintre l'aime... mais il est pauvre... il faut vivre.
Elle était là debout devant lui; derrière eux
S'étendait triste et nu l'horizon ténébreux. .
Que faire?

      Il fallait fuir, lui disait-il, le suivre;
Il savait où trouver le pain de chaque jour;
Homme d'honneur d'abord, il veut faire revivre
Cet être terrassé dont il est tout l'amour.

Marthe lui dit : — C'est bien, je te suis, mais écoute,
Je dois, avant de prendre avec toi cette route
De la honte, embrasser un vieillard resté seul
Devant la mort... je dois embrasser mon aïeul.
Elle partit, ses pas au milieu des ténèbres

Étaient lourds et, resté dans l'ombre, son amant
Sentit son cœur serré par un pressentiment.
Et les oiseaux de mer poussaient leurs cris funèbres.

Une vieille, avant Marthe, était chez le vieillard,
Et l'aïeul écoutait la vieille Polletaise;
La honte et la fureur emplissaient son regard,
Et sous son front ridé grondait une fournaise.
La vieille en le quittant dit : — C'est notre honneur !

                                                    Tout,
Tout s'envolait du cœur du vieillard qui, debout,
Et resté seul, pleura, mais relevant la tête,
Il sortit, contenant a peine la tempête
De son cœur. Il songea qu'en ces temps hasardeux,
Où l'on voyait rentrer et sortir les corsaires,
Il eut un matelot; l océan, ses colères,
Ses splendeurs, tout avait passé devant leurs yeux.
Enfin, comme la mort n'avait pas voulu d'eux,
Ils étaient revenus sous le toit de leurs pères,
Pareils aux vieux bateaux que l'on désarme au port,
Poser leurs fronts blanchis, en attendant la mort.
Il alla le trouver à cette heure suprême.
Or l'ami savait tout !... — C'est toi? dit-il...

                                        — Moi-même !

Nous allons décider d'une chose.

        — Eh bien, va !

— D'abord fermons la porte ; il dit et la ferma ;

Et puis les deux vieillards, dans l'ombre froide et lourde,

Parlèrent lentement et leur voix était sourde

Comme un rugissement que jette aux matelots

L'ouragan, secouant sa crinière de flots.

Ils se quittaient... l'aïeul dit : — Je dois faire en sorte

De trouver un bateau.

      — Le mien est vieux...

          —Qu'importe?

— Au revoir?...

     — Non. Adieu!...

       — Soit. Adieu !... tu dis bien !

Marthe était au logis vide, autrefois le sien.

Elle voulut parler quand vint l'aïeul...

        Farouche,

Il eut un seul regard qui lui ferma la bouche.

Le vent pleurait au loin, dans les rocs désolés !

L'aïeul dit : — Viens !

      La mer était calme et sereine,

Et sublime drapait sa beauté souveraine

Dans son manteau des nuits, aux longs plis étoilés.

Ils gagnèrent ainsi la plage nue et grise.

Les longs cheveux de Marthe ondulaient à la brise ;
Mais ces êtres, baignés dans le calme du soir,
Y roulaient l'ouragan sous leur cœur sans espoir.
— Arrête ! dit l'aïeul.

              Longue, une forme brune
S'étendait aux rayons livides de la lune :
C'était le vieux bateau.

                — Monte ! dit le vieillard.
Et le sable cria sous la quille alourdie,
Le marin retrouva sa main ferme et hardie,
Et Marthe, sans pensée, ouvrait un œil hagard !
Lui, doublant le rocher, tendit les vieilles voiles
Au vent et sur les flots où dormaient les étoiles,
Les voilà, qui tous deux, voguent en pleine mer.

O vieillard !... que lis-tu dans ton âme de fer ?
Ceci :

        Dès que la barque au lointain fut perdue,
Et qu'il se vit bien seul dans l'immense étendue,
Le vieillard se leva tenant, entre ses yeux,
L'abîme de la mer et l'abîme des cieux
Et, simplement, il dit.

              — Marthe, je suis le juge !
Après le déshonneur, il n'est plus qu'un refuge :

La mort!...

       Prépare-toi, car nous allons mourir.

Regarde!

      A l'horizon, on voyait accourir

Les coursiers de l'orage et déjà, sur leurs têtes,

Les nuages montaient, en couvrant le ciel bleu,

Au grondement lointain, précurseur des tempêtes.

Marthe voulut parler, il lui dit :

                — Pense à Dieu !

Et puis, s'orientant sur l'étoile dernière,

Au vent qui grandissait il mit sa voile entière,

Et le léger esquif fila, comme l'éclair

Chassé par la tempête et traqué par la mer !

Marthe, quand le vieillard s'était levé, terrible,

Avait baissé le front, et, comme lui, jugea

Que la mort était juste et n'était pas horrible,

Qu'elle la méritait ! Soudain elle songea

Qu'elle aimait, qu'elle était aimée et que la vie

Tressaillait dans son sein... elle vit l'avenir,

Elle se redressa, chancelante, suivie

Par toute la douleur qu'un cœur peut contenir ;

Elle cria : — Pardon ! La voix de la tempête

                        6.

Couvrit seule sa voix, ayant baissé la tête.
Le vieillard, oubliant que la mort l'entourait,
Ne songeait qu'à la honte où son honneur sombrait.
O vieillard !

          Mais alors, entr'ouvrant les nuages,
Un éclair brilla. Marthe, au flambeau des orages,
Regarda son aieul, elle vit qu'il pleurait!
Elle bondit, rampa sur les planches criantes,
A ses genoux tomba.
                    Ses deux mains suppliantes
Prirent la tête blanche, elle la releva
Et murmura : — Pardon! Un autre éclair creva
Le manteau noir du ciel. Le vieillard vit sa fille,
Sa Marthe... jusqu'à lui... blanche... se soulevant
La tête renversée et les cheveux au vent,
Sublime de douleur! O foudre, brille!... brille!
Qu'il la revoie encor... brille! Et dans son regard
Marthe a vu le pardon... Oui!... car vers le rivage,
L'aieul tourne la barque avec un cri sauvage,
O ubliant que sans doute il est déjà trop tard !

                    ————

Il venait de la terre une biise embaumée,

Des fureurs de la nuit la mer était calmée,
L'aube sur l'horizon blanchissait doucement,
Et ses vagues reflets ouvraient le firmament...

Deux hommes s'avançaient à grands pas, sur la plage,
Ils fouillaient le lointain d'un regard anxieux,
Ils allaient, s'enfonçant, broyant le coquillage
Sous leurs pas alourdis... L'un jeune et l'autre vieux
Le vieillard tout à coup s'arrêta... Dans la brume
Son regard s'enfonça. C'est qu'au loin un point noir,
Bondissant sous les flots, caché dans leur écume,
S'avançait grandissant!
              Un cri de désespoir,
Poussé par le plus jeune, éclata dans l'espace,
Et le vieillard le vit courir, se faire place
A travers les brisants, tomber, se relever,
Renversé par la mer, revenir, la braver,
Mais avancer toujours vers la forme inconnue
Qui roulait, point perdu sur la grande mer nue !
Enfin un dernier flot vint de la haute mer
Emportant, sur son front, la forme grandissante
Et bientôt, lourdement, la vague mugissante
La jeta sur le sable; alors, comme un éclair
Le jeune homme y courut qu'elle y tombait à peine;

Le vieillard, à son tour, venait de s'approcher
Des récifs; à son tour, il dépassait leur chaîne,
Et vit deux corps courbés sur la dent d'un rocher!
Et ces corps, c'étaient ceux d'un homme et d'une femme,
De Marthe et de l'aïeul. Une dernière lame
Les couvrit... on eût dit le baiser sépulcral
De la mer qui pleurait sur son pouvoir fatal.
Le jeune homme était là, plus livide lui-même
Que les cadavres. Mais un horrible blasphème
Du vieillard retentit, et son couteau brilla.

Le jeune homme, à genoux, ne voyait que la morte.

— C'est toi, dit le vieillard, oui!... pleure!... la voilà!...
Voilà mon matelot! et que l'enfer m'emporte
Si je tremble en frappant, car je veux, moi, qu'il sorte
Du sang et non des pleurs pour bénir leur linceul.
Quand tu m'auras tué, tu pourras pleurer seul.
Il parlait à l'amant, déjà sa main le touche,
Sans voir qu'un revolver sous sa main s'est glissé.
Lui tombe, près des morts, le crâne fracassé;
Tandis qu'au front de Marthe, ayant gardé la bouche,
Entourant son corps froid d'un bras qui le défend,
L'aïeul paraît encor protéger son enfant.

LA MOUETTE.

Dans l'azur du ciel, elle passe
Comme un éclair,
Ou, guettant sa proie, en haut dans l'espace,
Retombe et d'un coup d'aile elle effleure la mer.

Parfois, de l'océan immense,
Suivant les gouffres entr'ouverts,
Lentement elle s'y balance
Blanche et grise, sur les flots verts ;

Mais qu'au loin l'ouragan arrive,
Elle fuit et sa voix plaintive
Au ciel monte sinistrement.

Et du grain aux teintes funèbres,
Blanche elle coupe les ténèbres
Criant . — Alerte !... au bâtiment.

LE MALAIS.

A M. F. Labour.

Au chant de la poulaine, ouvrant son lit d'écume,
A bord de la *Junon,* comme il faisait bon vent,
Le quart de nuit veillait sur le gaillard d'avant,
Attendant un conteur, comme c'est la coutume.

Le maître d'équipage ayant d'un long regard
Vu que de l'horizon les lignes étaient pures,
Que nous irions longtemps sans changer les amures,
S'approcha lentement de ses hommes de quart.

—Eh! maître Jean-Louis, dit un gabier de hune,
Contez-nous une histoire.
                               Il en savait plus d'une

Sur le vaisseau fantôme ; il l'avait vu partout
Du sud au nord, filant trente nœuds, vent debout !
Et cachant tout le ciel, s'il faisait clair de lune.
Sans compter ce qu'il sut de plus d'un terrien
Et qu'il disait à sa façon.

        — Écoutez bien,
Fit-il, en s'asseyant au bout du bastingage ;
Brûler en mer n'est rien ; c'est peu faire naufrage,
Alors qu'on a failli, comme vous allez voir,
Laisser sa peau deux fois, aux mains d'un démon noir.

. . . .

Cric ! crac ! commença-t-il.

        — Crac ! cria tout le monde.
— Nous avions débordé des îles de la Sonde,
Et, comme nous manquions de bras, on avait dû
Embarquer un Malais, un gaillard bien fendu,
Mais laid comme le diable ; à travers la figure
Ayant d'un coutelas gardé la signature
Et n'ayant plus de nez, plus qu'un œil.

         J'ai pensé
Que s'il ne s'était pas encore balancé
Au bout de quelque vergue, il avait de la veine,
Ayant, j'en suis certain, pendant son temps de mer
Piraté plus longtemps que pêché la baleine

Ou même le hareng ; de plus, il avait l'air
Sournois, le bec pincé, ne vous parlant qu'à peine,
Comme un brasse-carré[1] qui vous ramène à bord.
J'aurais de son portrait fait celui de la mort
En laid.

      Chacun l'avait dans l'œil.

               Lorsque nous prîmes
La mer, nous avions un terre-neuve, un bon chien,
Vieux compagnon de bord, qui flairait un vaurien
A cent brasses, sentant comme l'odeur des crimes.
Dès qu'il vit le Malais, il lui montra les dents ;
Il me semblait, à moi, qu'il disait en dedans :
— Toi, l'ami, tu m'as l'air d'un gibier de potence.
L'autre se défiait... il avait bien raison,
Car notre chien avait quatre crocs d'importance.
Huit jours passent.

         Le chien avait pris du poison,
Et nous l'avons trouvé raide et froid ; sur mon âme,
On en aurait pleuré presque comme une femme ;
C'est du Malais, dit-on, que le coup doit venir...
Et ça ne servit pas à le faire bénir !

. . . .

Bref, nous marchions toujours et sur cette entrefaite

---

1. Un gendarme de marine.

7

On annonça la Ligne, en préparant sa fête,
Nous devions la couper le soir. — A ce sujet,
Je vis le capitaine et lui dis mon projet.
Le capitaine fit — Branle-bas de ripailles !
Et préparez la pompe et goudronnez les bailles !
Et toi, le maître-coq, tu tireras du vin
Et du rack pour les gens.
                          La veille, au soir, on vint
En conseil, à l'avant ; mon matelot Jean-Pierre,
De Cherbourg, dit : — Les fils, j'en conserve une fière
Dent, pour notre Malais ; — d'ailleurs plus d'une fois
Ils s'étaient bousculés à deux. Alors des voix
Lui crièrent : — C'est vrai ! le gaillard a l'air louche,
Nous allons le friser à plat comme un roquet,
Et s'il ne sort pas blanc, comme nous, du baquet,
C'est qu'alors le bon Dieu lui donna double couche.
— Entends-tu, moricaud ? lui dit Pierre. Eh ! là-bas ?
Le Malais entendait ; il ne répondit pas ;
Mais l'œil qui lui restait lança comme une flamme,
Lentement de son crick il tourmentait la lame,
En regardant Jean-Pierre.
                          — Eh bien, quoi ? ton couteau,
Dit Jean-Pierre, crois-tu que ça me fait peur, l'homme ?
J'ai le mien, si tu veux nous essayer la peau ?

Le Malais recula, partit, rugissant comme
Un tigre, et l'on se mit à rire, fallait voir!

. . . .

Jean Pierre eût bien mieux fait de se taire ce soir,
Dit un vieux timonier.

      — S'il veut nous prendre en traître,
Dit Pierre, les requins sont là, cherchant à paître,
Et s'ils veulent goûter un peu de moricaud,
Je lui ferai piquer une tête d'en haut!...
Tout ça, c'était parler...

      Nous fîmes le baptême.
Le Malais, à son tour, dut y passer quand même,

Et fut arrosé!... puis, en guise de savon,
On lui mit, sur le cuir, tout un pot de goudron!
Pour rire, quoi!

      Du reste, ayant gobé la sauce,
Il nous laissa sa part et déserta la noce.
Le vin fila pour lors, mais nous en avions pris
Tant, que jusqu'au trois-mâts, je crois, tout était gris.
Puis le quart était bon, la mer était houleuse,
Et nous faisait tourner dans sa ronde joyeuse.
Mais tout à coup, un cri terrible retentit
Au feu!.. Tous à l'avant!...

      Et dam! cela nous fit

Un demi-tour... Le feu !

            Car le vin passe vite
Quand on entend la flamme, ou le bois qui crépite!. .
Or, nous étions chargés de coton, et l'avant
Entier brûlait déjà, vu qu'il faisait bon vent.
— Aux pompes, les enfants ! cria le capitaine.
Le pont était si chaud qu'on s'y brûlait les pieds.
Et puis vint la fumée... On y voyait à peine.
Au revoir le trois-mâts !

             Tourne les chandeliers[1] !
Chacun se précipite ; on démarre ou l'on coupe ;
Allons ! ferme ! garçons, à la mer la chaloupe !
Mais, tonnerre de Brest ! le fond était percé ;
— Par qui?... vous devinez...

             Nous vînmes à l'arrière,
Car nous y possédions la ressource dernière,
Le canot....

      Or, il est intact ! —

           Il est lancé
A la mer, et chacun commence la descente.
Il nous eût portés vingt au plus, nous étions trente !
Enfin, à la rigueur, en se serrant un peu,

---

1 Deux pièces de fer, recourbées, qui portent les embarcations
suspendues par un système de poulies

Nous pouvions nous risquer à la grâce de Dieu.
— Déborde, cria-t-on!

              La flamme dévorante
Atteignait le grand mât.

                  Tout à coup le Malais
Parut au gouvernail. Il sautait, il hurlait,
En nous croyant sauvés pour un instant peut-être;
Car nous vîmes soudain qu'il était notre maître,
Encor, qu'il nous criait le dernier branle-bas...
Sous l'immense brasier qu'agrandissaient les lames,
Il gouvernait sur nous notre navire en flammes,
Il dévorait l'espace et nous n'avancions pas!
C'était comme un démon... Il manœuvrait la barre,
Ah! comme le meilleur timonier, mes enfants,
Nous étions assourdis de ses cris triomphants.

. . . .

Le capitaine était derrière moi.

                    — Jean, gare!
Me dit-il; il avait un fusil; il visa
Lentement, et le coup partit. Chaque figure
Se pencha sur ce coup... Un seul cri s'élança
De nos bouches...

             Touché!..

                La main sur sa blessure,

Le Malais, sur le pont, tout en grand s'affaissa,
Et nous prîmes bientôt le large, je vous jure !

. . . .

— Je n'avais pas deux coups à tirer, mes garçons,
Nous dit le capitaine, et maintenant ramons.
Il s'agit de nourrir les requins ou de vivre.

. . . .

Pour finir :

        Le hasard qui perd ou qui délivre,
Voulut nous délivrer et pourquoi ? je ne sais ;
Mais nous fûmes sauvés par un vapeur français.

UNE MÈRE.

A madame L. Gastinel.

Les gamins sortaient de l'école.
C'était par un beau jour d'été,
Et Louise, la pauvre folle,
Pâle, le regard dilaté,
Suivait le joyeux petit monde,
Et je lisais dans son regard
La douleur immense et profonde !
— Je suis venue encor trop tard,
Me dit-elle, en baissant la tête...
Vous voyez ; Yves n'est pas là !...
Il est en mer... Et la tempête
Va l'épargner... Non! la voilà !...

— Elle me montrait le rivage

Où le ciel riait au flot bleu,

Puis, elle eut en criant : — Adieu !

Un éclat de rire sauvage...

Et, courant vers la mer, la folle disparut.

. . . .

Alors, je m'approchai de la mère Gervaise

Qui filait sur le seuil...

— Eh ! la mère, salut !

Criai-je. Je savais qu'elle serait fort aise

De causer quelque peu.

— La mère, dites-moi,

Repris-je, la Louise est folle ?

— Oui !

— Pourquoi ?

— Dam ! c'est toute une histoire, et longue !

— Que m'importe ?

J'écoute.

Et je m'assis sur le seuil de la porte.

. . . .

La fileuse, à ces mots, commença son récit.

— Louise avait été mariée à Jean-Pierre,

Qui montait un trois-mâts breton et se perdit

Au large d'Ouessant. Une barque côtière

Nous apprit le malheur. La Louise restait
Veuve avec un enfant, un garçon, et c'était
Un plaisir de la voir le couvrir de caresses
Et travailler pour deux ! Pas un instant d'arrêt !
Dès qu'autour des rochers, le flot se retirait,
Elle gagnait la mer, et les vagues traîtresses
Qui prirent son mari ne lui faisaient pas peur.
La Louise pêchait; elle avait du bonheur,
Le plus souvent sa hotte était pleine.

                      Il faut dire

Que, son Jean-Pierre mort, on ne la vit plus rire,
Et qu'à part son enfant, elle ne savait pas
Qu'il existât quelqu'un de vivant ici-bas.
Chacun, en la voyant, disait : — La pauvre femme
A gardé la douleur bien avant dans son âme.
La tête est faible, elle a mal supporté le coup.
Mais l'enfant grandissait ; le temps efface tout,
Et Louise semblait redevenir heureuse.
Yves, son seul amour, avait douze ans alors,
Il dépassait déjà nos garçons les plus forts.
Si Louise disait : — La mer est dangereuse.
Yves lui répondait :

                     — Les fils de matelots,
Avant tout, sont marins ; ensuite on pense aux flots !

Elle eut beau supplier, il voulait être mousse,
Et s'embarqua d'abord sur les bateaux côtiers.
Mais il se regardait comme un marin d'eau douce
Et voulut naviguer à bord des longs-courriers.
Les mères, vous savez, c'est faible, et quoi qu'on fasse,
Les enfants aiment bien ceux qui les ont aimés,
Mais, s'ils ont une idée, il faut qu'on la leur passe,
Et comme Yves voyait les horizons fermés
Devant lui, qu'il songeait à voir plus loin encore,
Sur un trois-mâts breton, la *Jeune-Léonore*,
Un jour, il s'engagea.

　　　　　　　　Sa mère le suivit
Jusqu'au port et le vit s'embarquer.

　　　　　　　　　　　　　Il partit !
Pour elle, elle revint les yeux secs, le front sombre ;
Quand arrivait le soir, les yeux perdus dans l'ombre
(Car de sa maisonnette on dominait la mer),
Elle semblait revoir son fils sur son navire
Là-bas !

　　　　　　Les jours d'orage, aux lueurs de l'éclair,
Les mains jointes, les doigts crispés, comme en délire,
Elle suivait les flots terribles, les sondait.

. . . .

Le temps marchait... Un an passa... Point de nouvelles !

Deux ans... Et rien encor... Chacun se regardait ;
Louise faiblissait sous les heures cruelles
D'attente et de tourments.

               Un jour, voilà six mois,
L'Océan rugissait, fouetté par la tempête ;
Tous les pêcheurs étaient sur la plage...

                       Dix voix
Crièrent tout à coup : — Voile au large !

                    La crête
Des vagues déchirait les flancs noirs d'un trois-mâts
Qui courait à la côte... Et que faire? Les bras
Étaient paralysés, car la mer furieuse
Écrasait les récifs où nos pauvres bateaux
Eussent été broyés... On faisait des signaux
En vain... Le vent venait du grand large.

                    Anxieuse
Louise était auprès des hommes...

               Tout à coup
Un grand cri s'éleva du trois-mâts... Ce fut tout !
D'horribles craquements répondirent... Énormes,
Les vagues écrasaient sous les débris informes
Les corps des matelots, ces braves gars !...

                 Le temps
Se calma... Nos pêcheurs attendaient sur la plage

Si quelque malheureux, échappé du naufrage,

Ne leur parviendrait pas sur les débris flottants.

Au matin, un cadavre étendu sur la grève

Parut, et la Louise, à côté des pêcheurs,

Courait... Je vois cela comme un horrible rêve !

Car elle se jeta par terre... Alors, ses pleurs,

Ses cris... son désespoir !... C'était épouvantable !

Elle embrassait le corps, elle mordait le sable.

Le corps... C'était celui d'un enfant.

> — Du sien ?

> — Non !

Mais le naufrage avait englouti sa raison,

Et le pauvre enfant mort, c'était le sien pour elle.

. . . .

On voulut l'arracher à cette erreur cruelle,

Elle riait, pleurait, ses yeux étaient brillants ;

Quand elle se leva, ses cheveux étaient blancs.

. . . .

> Et c'est pourquoi la pauvre folle,
>
> La Louise, pleure en riant,
>
> Et chaque jour, près de l'école,
>
> Attend son Yves en priant.

. . . .

La fileuse se tut alors... Et, sur la route,

J'entendis un pas ferme et je me retournai,
Un marin avançait, un novice sans doute.
— Tiens !.. Gervaise... dit-il, bonjour !. .

                              Je m'élançai,
Car la vieille, en tremblant, retombait en arrière,
— Qu'avez-vous ?

                    — Regardez... C'est le fils de Jean-Pierre,
On le reconnaît trop, me dit-elle!...

                              Il fallait
Prendre un parti suprême, et je dis à voix basse
Au marin d'écouter... Tandis qu'il m'écoutait,
Il s'arrêta. — C'est bon, que faut-il que je fasse ?
Dit-il, car il s'agit de ma mère, et je dois
La rendre heureuse après tant de larmes.

                                    — Sans doute,
Repris-je, et voulez-vous m'entendre ?...

                              — Oui, j'écoute.
— Lorsque l'école sort, elle vient chaque fois
Regarder les enfants pour vous voir...

                                    — Pauvre mère!
— La Gervaise vous a reconnu d'un regard ;
Jeune homme, espérez-vous?...

                              — Mais guidez-moi, j'espère!
Pour revoir le bonheur, il n'est jamais trop tard.

                                        8

— Suivez donc les enfants qui vont sortir de classe.
Avancez doucement et regardez en face
Votre mère... et... qui sait ?...

      — Oui... vous avez raison,
Me dit-il.

    Il gagna lentement la maison
Blanche, coquette avec son air joyeux d'école.
On sortit.

    Ah ! ce fut un terrible moment,
Car la mère était là... qui cherchait fixement ;
Et lui vint .. dépassant les plus grands de l'épaule.

.   .   .   .

On entendit deux cris...

     — Yves !

      — Mère !...

       Et plus bas :
— Yves !... murmura-t-elle. Il la prit dans ses bras,
Ils pleuraient tous les deux...

    Elle n'était plus folle !

LE PILOTE.

La rafale est terrible... Un homme monte à bord
Du navire en danger. — Il est sorti de l'ombre
Venant on ne sait d'où, ni comment... la nuit sombre,
Cachait les lamaneurs qui l'amènent du port.

Une ancre d'argent brille à sa vareuse;
Bravant la tempête, oubliant la mort,
On se croit vainqueur avec ce renfort.

A la barre, il met sa main vigoureuse
Et le capitaine est à ses côtés,
Il cherche où ses yeux se sont arrêtés,
Où sont les récifs avides d'épaves?...

Tel est le pilote à l'œil prompt et sûr ;
Son ancre d'argent vaut la croix des braves,
J'aime à saluer ce héros obscur !

HÉRO.

POÈME ANTIQUE

A M. Barthélemy Saint-Hilaire

Quand, se jouant au front nacré du gouffre amer,
Vénus prit, pour manteau, l'écume de la mer,
Que, s'élevant aux cieux, sur sa trace embaumée
Elle laissa la terre éblouie et charmée,
Les hommes, où Vénus avait frappé leurs yeux,
Élevèrent un temple à la mère des dieux.

Près du bois de Sestos, le temple magnifique
Se dresse, blanc et rose, et mirant son portique
Dans les flots azurés du divin Hellespont;
Et lorsqu'en longs soupirs, douce, la brise passe,
Deux chants mystérieux la suivent dans l'espace;
Aux chants du bois sacré le chant des flots répond.

8.

Le temple de Sestos avait, pour sa prêtresse,
Une fille d'Asie, étrange enchanteresse,
Dont les yeux, bleus d'azur, et les longs cheveux noirs
Appelant les désirs, créaient les désespoirs!
Provocante, s'il fut jamais provocatrice,
Et brisant sans retour un cœur pour un caprice,
Aimait-elle ?... qui sait ?
                              Cependant, chaque jour,
Prêtresse de Vénus, elle invoquait l'amour.

Pliant sous son regard, comme le front du saule
Couché par la tempête, ils attendaient en vain,
Ses amants, un rayon de son regard divin.
Lorsque son péplum rose agrafé sur l'épaule
Se soulevait au vent, découvrant par hasard,
Cet infini du nu qui brûle le regard, —
Elle de son œil froid brisait leur espérance,
Et son cœur orgueilleux riait de leur souffrance.

Héro peut provoquer, vaincre... mais doit songer
Que l'Amour a choisi l'heure de se venger ;
Qu'avoir tant de beauté, c'est être son esclave ;
Que lutter, c'est folie, alors que chaque entrave,
Il l'enlève d'un coup de sa petite main,

Se montre souriant, au détour du chemin
Et, lorsque vous croyez l'avoir vaincu, lui-même
Inflexible s'avance et dit :

     — Je veux qu'on aime.
Tu ne fuiras l'amour que s'il te le permet.
Obéis !

   Héro dut obéir.

    Elle aimait !
Portant, d'un pas divin, sa taille de déesse,
Elle allait où Vénus conduisait sa prêtresse,
Interrogeant la nuit de son regard profond,
Attendre son amant.

     Et, derrière elle, au fond
Du bois sacré, les chants des vierges et des femmes
Se succédaient, tandis que, couronné de flammes,
Dans la pourpre drapant l'auréole des jours,
Le soleil se couchait sous les flots, aux plis lourds.
La mer chantait son hymme éternel à la terre,
Les femmes répétaient l'hymne de leur mystère :

  « L'aurore apparaît et sa main vermeille,

  « Au char du soleil ouvre l'orient,

  « Et la volupté qui, douce, sommeille,

  « Lève au jour qui naît son front souriant.

« L'amant, d'un baiser réveille l'amante

« Qui dit, entr'ouvrant sa bouche charmante,

« Laissant aux regards tous ses charmes nus.

  « O Vénus ! —

  « O Vénus, déesse

  « Qu'adorent les dieux,

  « Sur nos fronts abaisse

  « L'éclair de tes yeux ;

  « Ne fais sous ta flamme,

  « O divinité,

  « Du corps et de l'âme

  « Qu'une volupté ! — »

« Le soleil brûlant aux cieux se redresse

« Versant sur nos fronts des flots de clarté,

« Mais du bois sacré l'ombre enchanteresse

« Cache le mystère et la volupté. —

« L'amante a repris ses voiles de gaze,

« Ouvrant aux désirs la nouvelle extase

« Des charmes cachés et pourtant connus.

  « O Vénus ! —

« Dans l'or du couchant le soleil s'élance.

« O calme du soir, ô plaisirs plus doux,

« C'est la volupté qui sort du silence,

« Dans la nuit s'élève et plane sur nous;

ᶜ L'haleine du soir, brise parfumée,

« Glisse doucement sur l'âme charmée,

« Les plaisirs cachés sont tous revenus.

  « O Vénus! —

Chante, oh! chante l'amour, aime et… crois, jeune femme!
Mêle aux bonheurs des sens les ivresses de l'âme.

Elles chantaient… Héro gravissait à pas lents
Une tour qui planait sur les flots scintillants;
Elle attendait la nuit qui déployait dans l'ombre
Les plis diamantés de sa tunique sombre.

Mais bientôt la nuit vint, chassant du ciel en feu,
Les dernières lueurs roses, sur le flot bleu.

Alors, sur l'horizon, Héro vit apparaître
Un point noir! —

   C'était lui, son esclave et son maître,
Que la vague, ondulant sous un vent attiédi,

Soulevait doucement sur son sein arrondi.
Enfin du dernier flot mort, où la mer s'achève,
Un homme s'élança superbe sur la grève.
Héro, dès qu'au lointain elle put l'entrevoir,
Avait d'un flambeau rouge éclairé le ciel noir,
Et dès qu'elle le vit sur la plage, haletante,
Elle courut à lui, craintive, palpitante,
Détacha son péplum, essuya lentement
Les baisers de la mer, qui couvraient son amant,
Et nue à ses côtés, lui, nu, beau, grand comme elle,
Ils se sont enlacés dans l'étreinte immortelle
Qui fait parler les cœurs mystérieusement.

Au bruit de leurs baisers qu'entrecoupaient à peine
Les quelques mots d'amour qui mêlaient leur haleine,
L'amant la prit enfin dans ses robustes bras,
Fuyant par un sentier qui n'a vu que leurs pas;
Elle, lui souriant, la tête renversée,
Souple comme une enfant qu'un doux songe a bercée.

C'était un de ces soirs calmes et parfumés
Où l'infini se mêle aux cœurs des bien-aimés,
Et quand les deux amants dans le silence entrèrent
Les échos endormis, à leur voix, répétèrent

Les serments, leurs doux mots, les murmures, les bruits
Des amours enlacés dans le calme des nuits.

« Donne ta bouche, ô mon idole, —
« Disait-il. — Prends-la, mon amant. —
« Que mon âme avec toi s'envole
« Dans la mort d'un enivrement ;
« Encor ta lèvre, encor ta bouche !...
« Ma chair sur ta chair qui la touche,
« Frémit, et mon baiser farouche,
« Fait vibrer mon cœur bondissant,
« Et lorsque le matin rouvrira ma paupière
« O mon âme, il faudra cette mer tout entière
« Pour éteindre le feu qui me brûle le sang ! »

Ils aimaient, ils parlaient !... La nuit mystérieuse,
Calme, au ciel étoilé glissait silencieuse,
Mais eux croyaient à peine à leur enivrement
Que l'aurore entr'ouvrait déjà le firmament.

O baisers de l'adieu... plus passionnés encore
Que ceux de l'arrivée !...
                              Aux splendeurs de l'Aurore
Ils parurent, tous deux, d'une telle beauté
Que l'aurore rougit, devant leur nudité !...

Mais ils devaient se fuir, au cœur ravir la flamme,
Et l'amant, se jetant dans le flot qui passait,
— A bientôt! cria-t-il... je te laisse mon âme
— A bientôt!.. répéta le flot qui l'enlaçait.

Héro lui répondit sur l'aile de la brise
Et, les seins palpitants, enivrée, indécise
S'arrêta, le suivant du regard sur le flot
Qui répétait, mourant sur la grève : — A bientôt!

Tout à coup, — la prêtresse ayant levé la tête,
Eut un long cri d'horreur...
                          Livide, la tempête
Se déroulait aux cieux et déjà du lointain
Les flots en rugissant répondaient au destin.

Quand l'amour étreignait fièvreusement leurs âmes
Regardaient-ils aux cieux? Non... mais il est trop tard,
L'amant ne pouvant plus, jouet des lourdes lames,
Qu'au trident de Neptune opposer le hasard. —
... Cependant il luttait songeant à son amante
Qui, le sachant perdu dans la mer écumante,
Sur la grève courait, blanche sous le ciel noir,
Et folle, se tordait les bras de désespoir!...

Aux longs rugissements de l'implacable orage,
Les flots, en se cabrant, se heurtaient avec rage
Et cachaient à l'amante, en montant jusqu'aux cieux,
Son amant qui luttait sous l'étreinte des dieux!

Pourtant le cœur humain, cet insondable abîme
Où, comme un tourbillon, s'engouffre la douleur
Sitôt que le destin a marqué sa victime,
Ce cœur où tout est plein sitôt par la terreur,
N'abandonne jamais l'espérance suprême;
Il sent grandir l'espoir avec le danger même,
Croit trouver un appui dans le vide béant
Et veut croire à la vie, en face du néant!

Héro, folle d'abord, devint plus calme, et sombre
Après le premier choc, quand vint l'espoir, dans l'ombre
Son regard immobile attendit la clarté
Livide de la foudre, ouvrant l'immensité!
Son œil ardent la suit, sonde le gouffre horrible
Où l'ouragan sinistre étreint le flot terrible;
Mais rien dans le chaos, dans les chocs furieux,
Dans les déchirements, rien n'arrête ses yeux.

Soudain, un tourbillon approche, un flot énorme

9

S'y dresse et sur son front quelque chose, une forme
Blanche roule et le flot monstrueux s'élançant
S'écrase sur la grève et s'ouvre en rugissant.
Héro fut par le choc au lointain emportée,
Elle s'était, poussant un cri, précipitée
Au-devant du point blanc qui roulait sur le flot,
Pensant que c'était lui, son amant...

                                         Aussitôt

Elle se releva, se traîna sur la plage
Et du flot qui fuyait suivit le lourd sillage,
Mais ses pas sont heurtés!

                        Dans un suprême effort,
Comprenant vaguement peut-être, elle se baisse
C'est bien un corps humain glacé que le flot laisse;
L'éclair brille, elle voit, comprend, c'est lui...

                                     Lui!... mort!

Mort! ils s'étaient quittés où le flot le ramène,
Là!... leurs deux cœurs, mêlant toute la joie humaine
Dans les enivrements les plus purs de l'amour;
Beaux à faire pâlir et l'aurore et le jour —
Et le voilà sanglant, défiguré, livide,
Sa bouche est entr'ouverte et noire, horrible vide
Laissé par l'âme. —

Un voile est jeté sur ses yeux
Qui, naguère, portaient la pensée infinie,
Et traversaient ton cœur d'un reflet radieux,
Héro ! — ces bras si forts, tordus par l'agonie,
Sont crispés. — Il est mort ! — il est mort et pourtant
Héro cherche, pleurant, criant, échevelée,
A rappeler au corps brisé l'âme envolée.
Elle doute, elle croit espérer en doutant.

Mais il fallait un terme à l'effroyable crise,
Et le dernier ressort de son âme se brise ;
Tombant à ses côtés, en maudissant les dieux,
Elle enlace le corps d'un élan furieux.
C'est alors qu'une vague immense se relève
Du fond de l'océan, s'élance sur la grève,
S'arrête, se replie et ramène, écumant,
Et le corps de l'amante et le corps de l'amant,
Qui dans la grande mer roulent blancs sur la brume
Au front échevelé d'un tourbillon d'écume,
Où l'éclair se jouant reflète sa clarté. —
Et la foudre rugit, voix de l'immensité :

          « Au gouffre, êtres créés, au gouffre !
          « A l'abîme tout ce qui souffre !

« Au gouffre la joie et l'espoir ! —

« La même tombe est préparée

» Pour l'âme en deuil, l'âme enivrée,

« La même tombe, où tout est noir.

» C'est le sommeil pour ce qui souffre,

　C'est le réveil pour les heureux,

« C'est le destin égal pour eux.

» Au gouffre, êtres créés, au gouffre !

Quand, au soleil couchant, la mer fut adoucie,
Les corps furent trouvés sur la rive d'Asie,
Enlacés, beaux encor, demandant ici-bas
Que la main des vivants ne les désunît pas !...

Et du bois de Sestos venant comme la veille,
Glissait, dans le couchant, sur la vague vermeille,
Oubliant et la mort et la fatalité,
L'hymne voluptueux à Vénus Astarté ! —

PLEINE MER!

C'est la nuit, c'est l'immense
Et le flot doux et clair
Nous rythme sa romance
Aux coups du taille-mer;
Notre voile est perdue
Dans cet isolement,
Mais l'âme et l'étendue
S'unissent lentement.

Quand ta paix radieuse
Se glisse, en l'enivrant,
Dans l'âme soucieuse,
Heureux qui te comprend,
O nuit mystérieuse!

Splendeurs des nuits sans voiles !
Dans le calme des cieux,
Entends-tu les étoiles
Aux chants mystérieux ?
Va, que la terre passe !
Laissons notre vieux nid
Se perdre dans l'espace ;
Montons à l'infini.

Fuis, terre inabordable
Pour ton fils révolté,
Dans la nuit insondable
Son cœur s'est emporté ;
Car plus loin que l'aurore,
Il est d'autres soleils,
Des horizons encore
Plus grands et plus vermeils.

Quand ta paix radieuse
Se glisse, en l'enivrant,
Dans l'âme soucieuse,
Heureux qui te comprend,
O nuit mystérieuse !

LA BAIE DES TREPASSÉS

A M. Henri Martin,
De l'Académie française

Connaissez-vous la baie
    Des Trépassés?
C'est une longue raie
De récifs entassés.

Pas de sable ou de grève;
Des rochers noirs et lourds
Où les flots, à coups sourds,
Tourbillonnent sans trêve.

Tout est sinistre et noir
Sous un linceul d'écume,
C'est la brume le soir ;
Le matin, c'est la brume.

Sur ces flots furieux,
A peine si des cieux
La clarté se reflète;
Même par un temps clair,
On entend de la mer
Monter une tempête.

La nuit, chaque rocher
Semble se détacher,
Spectre dans les ténèbres;
Et la lune, là-bas,
Éclaire des sabbats
De ses lueurs funèbres.

Le courant, chaque jour,
Fait, au large, un détour
Pour y chercher sa proie;
Quand la barque le suit,
On entend dans la nuit
L'abîme hurler de joie.

Mais si tout est fatal,
Si l'ouragan brutal
Plane seul sur ce gouffre,

Tremblante au choc des flots
La terre à leurs sanglots
Répond, car elle souffre.

Son rivage se tord
Sous l'éternel effort
De la mer rugissante;
Sous elle, ces rochers
Sont les os arrachés
A sa chair frémissante.

C'est un combat hideux,
Ce combat où des deux
Lutteurs, un seul déchire,
Où l'autre, dans sa chair,
Sent la dent de la mer,
Inflexible vampire.

Qui sonda le passé?
Qui sait si Dieu, lasse
De quelque immense crime,
De son bras éternel
N'a pris le criminel
Et n'a creusé l'abîme,

Et que dans l'infini,
Transformant en granit
La chair du misérable,
Et sombre le laissant
Y souffrir impuissant,
De sa voix implacable,

Il n'a dit aux grands flots :
— Enfants, rongez ces os,
Voici votre pâture.
Il faut, ô châtiment,
Sans trêve, lentement,
Que ce supplice dure.

— Et la mer en grondant
L'a suivi, tigre ardent
Que la curée altère,
Et les siècles là-haut
Regardent ce bourreau
Qui dévore la terre. —

La terre pas à pas
Doit céder.. et n'est pas
Sans détourner l'orage.

C'est ici que surtout
Elle lutte et fait tout
Pour en briser la rage.

Sur son front étendu,
Elle a l'enfant perdu
De la chaîne celtique,
Qui donne, noir lutteur,
Trois cents pieds de hauteur[1]
Aux chocs de l'Atlantique.

Effroyable combat !
Tout un gouffre s'abat,
O colère stérile !
Chocs horribles qui font
Grandir encore le front
Du géant immobile. —

Plus bas, autour de lui,
Roulant sous son appui
Leurs colossales cimes,

1. Le Ménehom.

Des bois noirs vont toucher
Aux lames et pencher
Leurs fronts sur les abîmes.

L'horreur couvrait le flot,
Mais la nuit vient!... bientôt
L'horreur prend les bois sombres.
Dans cet autre inconnu
On voit, le soir venu,
S'agiter d'autres ombres.

Si le vieil océan
Sourit à voir, géant,
Danser le chœur des gnomes,
Tout est sinistre ici,
Et les bois ont aussi
Leur peuple de fantômes.

Au plus noir de ces bois,
La nuit, glissent des voix,
Et, quand l'heure est propice,
Les druides s'éveillant
Y font, en voile blanc,
Leur sanglant sacrifice.

La haine au fond du cœur,
Traqués par le vainqueur,
C est là qu'ils s'assemblèrent :
C'est là que tous sont morts !
Vingt fois, sous leurs efforts,
Les Gaules s'ébranlèrent.

Choisissant leur moment,
Ils venaient lentement,
Parlant bas sous les chaumes,
Cherchant si des vaincus
Les cœurs ne battaient plus
Et s'il n'était plus d'hommes.

Que de fois, sous leur main,
Le colosse romain
Vacilla sur la Gaule,
Quand leur chant se levait
Et terrible arrivait
Au pied du Capitole!

Or devant ces grands bois
J'étais, fils des Gaulois,
Rêvant à leurs colères,

Quand soudain j'entendis s'élever jusqu'aux cieux,
Planant sur les sommets des chênes séculaires,
L'écho des vieux bardits pour l'honneur des aieux.

CHOEUR DES FORÉTS.

Voici le printemps, la nouvelle sève
Sort des arbres noirs et des cœurs s'élève ;
L'immense ciel bleu s'ouvre et resplendit
Sur l'enivrement de tout ce qui vit.
Héol a changé sa marche profonde ;
Voici le printemps qui sourit au monde.

Guerriers, relevez vos fronts abattus,
Car le barde voit aux bourgeons des chênes,
Tandis que finit l'hiver des vaincus,
Monter le printemps des gloires prochaines.

CHANT DU BARDE.

Le temps, dites-vous, c'est l'oubli ?
Non, non ! blasphème !
Non, car sur un front avili,

Sur un cœur pleurant ce qu'il aime,
Le temps grave le souvenir.

Avant d'aller à l'avenir
    D'un regard sombre,
Il nous faut d'abord réunir
Les jours aux nuits, l'éclair à l'ombre,
Et songer aux malheurs passés.

Nos morts levant leurs fronts glacés
    Dans le silence
Comptent et ne sont pas lassés
De crier aux vivants : Vengeance!
— Malheur à qui n'entendrait pas! —

Car les voix des morts, ici-bas,
    Ne vont qu'à l'âme;
La tombe est sourde sous nos pas ;
Au cœur seul il faut que la flamme
Monte mystérieusement.

Afin qu'un jour d'isolement,
    Courbant la tête,
Chaque homme sente lentement

Dans son cœur grandir la tempête
Et dise : — Je vous vengerai !

O morts, je vous évoquerai ;
        L'aurore monte ;
Sur vos tombes je jetterai
Les glaives brisés et la honte,
En vous disant : — Gardez cela ;

Car voici l'heure qu'appela
        Le cri des haines.
Vos fils, vos vengeurs, les voilà !...
Gardez les tronçons et les chaînes
Jusqu'au jour où nous reviendrons,

Jour où nous les enlèverons
        Des tombes noires,
O morts, et vous éveillerons,
Vous criant : — Voilà des victoires !
Pères, nous vous avons vengés.

Allons !... des tombeaux allégés
        De vos défaites,
Levez-vous, les temps sont changés ;

Et sur l'armure, au chant des fêtes,
L'épée, en cadence bondit !

CHŒUR DES FORÊTS.

Voici le printemps, la nouvelle sève
Sort des arbres noirs et des cœurs s'élève,
L'immense ciel bleu s'ouvre et resplendit.
Héol a changé sa marche profonde,
Voici le printemps qui sourit au monde !

LE POÈTE.

Alors je m'éveillai, mais entendant encor
Le bardit des aieux à l'héroïque accord,
Il passe lentement... C'est en vain que j'essaye
De ramener mon cœur à ces rêves passés,
Je n'ai, sous mon regard effrayé, que la baie
Des Trépassés !

BRISE DE TERRE.

Dominant les senteurs marines,
Parfums âcres des flots jaloux,
La brise effleurant les collines
Vient de la terre jusqu'à nous. —

A l'ancre sur un bon mouillage,
Nous rêvons et nous respirons ;
Le chant des cloches du village
Suit la brise autour de nos fronts. —

Sur les bois noirs, les plaines vertes,
Sur les oyas au front baissé,
Ses deux larges ailes ouvertes,

La brise a lentement passé
Et doucement jusqu'au navire
Elle rapporte ses moissons.

Aussi qu'au cabestan on vire,
Car la mer monte : — Allez, garçons!
C'est la terre là–bas, la terre !
Ce sont ses parfums et ses bruits,
Ramenant au cœur solitaire
Un flot de souvenirs détruits.

O mer qui, jalouse et farouche,
Pris ces souvenirs à nos cœurs,
La brise de terre nous touche
Et nous fuyons tes bras vainqueurs.

Et ta vague en vain nous caresse
Pleine de colère et d'amour,
Nous te fuyons !
    Mais, ô maîtresse,
Ne sois pas cruelle au retour.

Nous savons trop, ma souveraine,
Que bientôt tu nous manqueras,

Que la brise qui nous entraîne
Va nous ramener dans tes bras.

A terre, comme dans un rêve,
Demain nous nous réveillerons,
Mais nous n'aurons qu'un jour de trêve,
O Terre, et nous te quitterons.

Car pour toi, nourrice éternelle,
Nous abandonnons l'infini,
Comme l'oiseau pliant son aile
Un instant au bord du vieux nid.

TERRE!

A M. Oscar de Lafayette, sénateur.

C'est un de ces beaux soirs, où la mer calme et pure
S'élève en entourant d'un seul soulèvement
Majestueux et lourd, avec un doux murmure,
Le môle. — C'est l'amante étreignant son amant,
La géante embrassant à deux bras le colosse,
Et ces deux disputeurs d'hier et de demain
Ont dans ce grand baiser quelque chose d'humain.
— Lui seul l'homme se dit que cette amante est fausse,
Que trop souvent brutale en élans furieux
Elle écrase le môle. —

              Il l'en aime donc mieux. —
L'amour, c'est la souffrance ou bien c'est la folie ; —
Mais le môle pour l'homme est l'espoir, le retour.
La mer, c'est le combat.

              Malheureux!... il oublie

Que le môle et la mer ont dans leur bond d'amour
Broyé plus d'un esquif. —

          Qu'importe? l'embellie
Est aux cieux... car hier... il faisait mauvais temps.
Les hommes et la mer... voilà les combattants ! ..
Et c'est trêve... ce soir. —

         Un groupe se dessine
Près du mât de signaux où veille le guetteur. —
C'est — une blonde enfant qui, joyeuse et mutine,
Penche son profil grec à la même hauteur
Que le front d'un marin perdu dans sa pensée :
Car ils sont tous les deux, fiancé, fiancée
Ils songent ! —

        Et la mer, l'horizon infini
Sont si grands pour le rêve !...

         Et quand un cœur uni
Au cœur qui le comprend suit l'horizon immense,
C'est sous un front humain que le rêve commence ;
Mais sous le ciel si grand il ne finit jamais.
Près de ces bienheureux et se disant : — Sans doute —
Si je songe aujourd'hui, c'est qu'autrefois j'aimais ;
Un cœur avec le mien a pris la même route
Ici même... autrefois ! leur aïeul, un vieillard,
Les entoure pensif, heureux, d'un long regard.

— Ami, disait la belle, une chose me pèse.
Oui... car je vois la mer monter et s'abaisser,
Et mouvoir l'horizon du môle à la falaise,
Quand je reste immobile au lieu de me bercer. —
Ami, ta barque est là, l'horizon nous attire ;
Ton cœur comme le mien est à l'étroit... Courons
Ici près sur le flot qui chante, et nous verrons
Par ses yeux étoilés le firmament sourire.
C'est plein de poésie et d'amour, croyez-moi,
Le cœur des gens de mer qui sondent sans effroi
Les profondeurs du gouffre et celles des étoiles...
Car la pensée humaine a déchiré ses voiles
Devant cet infini de la mer et des cieux,
Et leur âme retient ce que lisent leurs yeux. —
Le vieillard s'avança :

           — Voyons... pense, petite,
Qu'il fit gros temps hier, que le courant va vite
Après une tempête... et... si le vent tournait.
— Vois ce ciel, dit la belle...

               — Oui, mais on s'y connaît.
C'est si traître, la mer.

               — Rien qu'un instant, bon père.
— Et puis à l'aviron, dit l'amant.

                    — Et que faire

Contre ces volontés d'amants heureux?...

                                        — Allons,

Dit le vieillard... venez... je prends les avirons.

On s'embarque... on démarre... et la mer était calme.

Telle dans le désert la brise au vol de feu,

Des dattiers élancés baissant la lourde palme,

Tel était ce beau soir qui gonflait le flot bleu. —

La barque lentement revint jusqu'à la plage,

Les flots phosphorescents coupés par son sillage

L'entouraient... la suivaient... mystérieux... voilés,

Tandis que jusqu'au ciel les deux cœurs envolés,

De l'Infini, du tout, embrassant le mystère,

S'oubliaient...

            Mais l'aïeul soudain leur cria :

                                        — Terre!

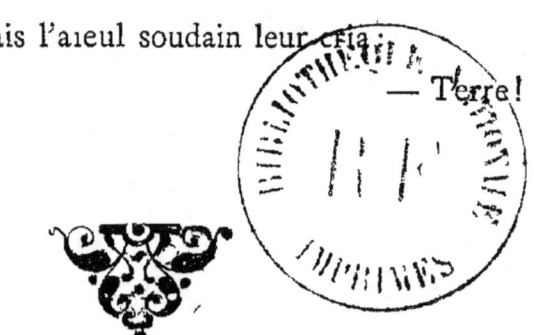

TABLE

LIBRAIRIE ALPHONSE LEMERRE

—

POÈTES CONTEMPORAINS

Volumes in-18 jesus, imprimes en caracteres antiques sur beau papiei velin. Chaque volume, 3 francs.

———

PARIS. — Impr J CLAYE — A QUANTIN et C°, rue St-Benoit.